現代・北陸歌人選集

野川悦子歌集

かんごふさん

目次

野川悦子歌集　●　かんごふさん

看護の道に

一輪の都忘れの優しさを持ちて咲きたし看護の道に

当直の我があと追わず哺乳瓶持ち来て息子はぎゅっと抱える

「おしごとにいってもいいよ」と熱高き三つの娘の言う瞳が潤む

遠く病む母に姿を重ねつつ媼の少し曲がる背を拭く

「はいらんから気がねや」と出す人の手を採血前に摩り温む

ベッドより堕ちしとう児の丸き瞳が白衣の我を映し怯える

自を守るもプロと思えど怯え泣く児の手を握りX線あぶ

入口で大きく息を吸う人を笑みて手招く医師と働く

感覚の失せているらし右足がためらう象にスリッパ残す

ＣＴの画像はＯＦＦで消えさるも大脳皮質に病巣消えず

昨日まで草を抜きいし右の手を結えて長き点滴始める

麻痺の手の方が伸びると声落とす患者の爪を丹念に切る

聞きやれば減る悲しみもあるならむそのゆとり無き看護かなしむ

寝たきりは寝かさるる故作らるる光あふるる病室なれど

笑顔って移って行くから看護婦の私はいつも笑顔でいたい

舅と姑と

稲刈りを終えて豆干し春よりの体の不調を姑の言い初む

丁寧に髪分け染めやる入院の迫れる姑に白髪が増えて

柔らかく大根炊きて持ち行けば姑はベッドで正座して食む

振り向けば姑が手を振る入院の長引くほどに小さくなりて

夕暮れの田にいる人を幾たびも姑と見紛い一周忌過ぐ

あの山が暗めば雨と姑言いし仏師《ぶし》ケ野《がの》の空見つつ種蒔く

彼の国の姑の降らせる雨なるや種蒔く度に畑の湿るは

薪くべて沸かせる風呂の残り湯に渋柿さわしくれしよ舅は

高倉山見えて来たれば退院の舅は泣きたり麻痺の手さすり

戸障子を外し我が家で葬儀成す村人みんなの力を借りて

片麻痺となりたる舅がつかまりし壁の黄ばみは逝きて濃くなる

子猫

捨てられて雨に打たれて鳴き疲れ消え入りそうな子猫の命

ただいまの代わりに「ニャン太は」と問うが口癖となる家族みんなの

猫の背の草の実いくつ野を駆ける幼の声なき過疎の我が村

同じよな眠たき目をした子と猫が毛布を離れぬ初霜の朝

ふっかりと猫の毛並の整いて艶増しきたるは雪となるらし

ふるさとの海

しただみを手にふるさとを子に語る海鳴りのごと雨降る夕べ

ほら海が見えて来たよと言う声を聞きつつ目を閉じ潮の香を吸う

足裏の熱きに跳ねて海までを走りし浜は道路となりぬ

岸壁に砕くる波の波しぶき空まで飛ぶはかもめとならむ

ざんぶりと波にお城をさらわれて子等より大きな大人の嘆き

燃ゆる日の海に吸わるる古里はテトラポットの影より暮れ初む

青りんごを青い波間に浮かべつつ泳ぎし遠きふるさとの海

受験

かじかめる手に吹きかける息にさえなれずに娘の受験見守る

積む雪の重みに耐えてしなりいる竹を映せる子の窓明かり

試験終えころころ笑う子の声が春風呼ぶらし根雪溶け行く

辛いとは言わぬ息子が猫に言うおまえは受験が無くていいなと

何思い口笛吹く子か小夜ふけて細き灯りと共に漏れくる

ふわふわと風船玉の心地もて発表さるる刻を待ちいる

いいものが来たよと息子が細き目をさらに細めて歌誌を手渡す

黄の色

丈低く水仙咲けり山陰の根雪に春を告ぐる黄の色

慣れぬ田に汗拭く我を慰めてくれし花咲く作らぬ今も

幾重にも積まれし朽ち葉を押し上ぐる蕗の薹汝の力を食まむ

畠隅へ捨てし間引きの春菊が黄色の花つけ蝶を遊ばす

一両の真昼の電車はゆるゆると菜の花畑を遊ぶがに行く

錆びつける線路に南瓜のつる延びて金名線の再開遠し

静もれる山々縫いて灯りのみふりこぼしつつ走る終バス

なんなんさま

星見むと仰ぐ夜空を狭くして空より昏く桐の葉茂る

一面のコスモス畑の野の海に千の秋津の羽のさざ波

赤飯の蒸れゆく香り漂いて小さな村の秋祭り告ぐ

山沿いは雪とう予報軒先の干し大根は更に縮みぬ

沢庵を二桶漬けて降り敷ける枯葉をはけば暮るる峡の日

二十戸の居間の灯ぬくき村道の冷気ふるわせ拍子木を打つ

四世代共に暮らせる幼子は月に手合わすなんなんさまと

つま先に力を入れて歩けよと君は振り向く凍てつく道に

ヒロインとなりて歩めり凍てつきてきらめく舗道は一人の舞台

半年を閉ざさるる身の叫びとも文弥くずしの胸にしみ入る

明日の米とぐ

いい子でと髪撫で夜勤に出でし日のはるけく娘も看護の道選る

明日よりの自炊の不安を口にせず「じゃあね」と発ち行く娘のVサイン

活用を流れるように言いくれし娘のなき居間に文語の辞書引く

助詞一つ迷い黙せる我が額に熱でもあるかと触れくる君は

野の花を必ず活けて友は待つくろゆり歌会の集いの部屋に

詠草は隅に置かれてまず友の手作り草餅つけもの並ぶ

歌会に火照りし頬の冷めぬままうたくちずさみ明日の米とぐ

編む

戦争を知らぬ私と子が居間に戦火の映像声無く見つむ

冷えしるき中東の夜フセインに手編みのセーター編む人ありや

「撤退か」口早に言う湾岸のニュースにとじ針つき刺し止める

編むことは祈りに似たるひたすらに何を祈るやアラーの神に

我が指に指を重ねて編み方を教えし母のぬくもりを編む

悔いひとつ胸に持ちいて編む糸に人さし指のさかむけ痛む

金色のかぎ針指にひんやりとみぞれは雪に変わりゆくらし

一段を編む度マークする線が正　正　正といびつに並ぶ

段数をメモする紙を裏返し今浮かびたる短歌を書きとむ

亡き母の編みし二枚の羽織下古りてもはおれる色選ばれて

新調の友のセーター羨しくて長く着ざりし母の手編みを

幾重にも湯どおしの糸下がりいし古里は今どこにもあらず

ふかぶかと雪は降り積み編み針の互みに触るるかそか音聴く

「福は内」戸口で言えばかけてくる猫の首輪の銀の鈴の音

「春よ来い」ハミングしつつ隣家の児に編む身頃は掌サイズ

ウール70化繊30少しだけ愛も混じりてセーター仕上がる

「さあできた」この一瞬のきらめきに遇うため編み込む私の時間

二十段ほどき再び編み始むやり直したき過去の幾つか

こつこつとただこつこつと重ねゆく素編みのひと世目を揃え編む

村の湯

しわ深き人も幼き児の肌も倖せ色に染める村の湯

温泉の湯舟にぷかりばあちゃんの顔より大きな柚の実ぷかり

とがりたる心を包む温泉の湯気のベールを纏い帰らむ

あなたの色にあなたは咲いていますかと蘭の館の花に問わるる

「花ゆうゆう」心ゆうゆう花に寄る人の面輪のみな優しくて

温泉の熱もて永遠に蘭の花明るく開かむ山峡の村

フラスコのバイオの蘭の緑顕つ朝露ふふむ草を引く時

みずみずとレタスに宿る青虫の春の野を飛ぶ夢ごと摘まむ

その胸は膨らみいるやバイク駆る若者の背の風の膨らみ

翔びゆかむ娘は二十歳金色の鶴の羽ばたく帯を選びて

振袖の娘の後ろに笑む夫に我の知らざる父を重ねる

振袖も着せてやれぬと言いし母今にかなしき着ざりしことより

つぶやき

トロッコに揺られとろとろ眠る旅黒部の初夏に蒼く染まりて

草木のこれより育たぬ富士山の五合目に立つ人生半ば

行きゆけど不二の裾野の果てしなく我は小さな小さな人間

旅に来て留守する夫へ便り書く日頃は言えない言葉を添えて

お帰りと自らに言い主婦我は一直線に厨へ帰る

漂白をせしまな板に水光り流れて止まぬ汚職のニュース

口堅く結ぶかなしみつまりたる袋の蜆をボウルに放つ

水底のしじみの洩らすつぶやきの生くる証の短歌をうたわむ

バラバラと鍋へ落せるしじみ貝開きて白き今日の始まり

ソマリアの飢えを憂うるも一瞬か変らず盛りて夕餉を囲む

戦没者追悼式

飾らずに自分の言葉で書きたくて追悼文の筆の進まず

平和なる世に生かされて戦争をまして平和を知らざる我か

戦争を知らぬ世代が六割を越えて慰霊碑深く苔むす

徴兵を拒む術なく母ありき白菊はその母へ捧げむ

「国のため」二人の息子を捧げたる祖父の経読む声を忘れず

花まつりのおねりが通る門毎に手を合わせ待つ老い人たちは

白象がまずは見え来る山間の緑の道を子等に引かれて

香港の旅

立ち並ぶビルのはざまへ降りる時飛行機すばやく鳥となるらし

「人はみなスリと思え」と笑わずに現地のガイドは教えくるるも

返還に揺らぐ金持ちゆらゆらと一生をゆるるるボートピープル

緋の色の香港島の長壽橋今どのあたり歩める我か

留守を守る夫と息子も夕餉時ピリリと辛し四川料理は

風花

風花の光りつつ舞う街に来て子の初めてのネクタイを選る

青い青いリレハンメルの空を飛ぶ選手の頬の日の丸マーク

旋盤を回すコツ言う夫と子の話の外に飛ばされいるも

息子より初めて貰いしお年玉二つ並びて神棚にあり

初めての深夜勤務に向かう娘の見えなくなりても見送る夫は

健康を守らむとして誰よりも不健康な刻を働く

子等二人巣立ちし空を埋めるより二人に似合う巣を作らむか

鍋底を磨きしことを夫も子も知らねど今日のピカピカ気分

通勤の四十分は花の道五分咲き満開葉桜揺れて

さむいはなし

権力の抗争のみに明け暮れて政治家はみな半熟卵

ふるふると半熟卵のふるえいる命を食みて罪と思わず

癌などに負けぬと言いし人の逝く冷たく寒き夏に細りて

冷夏ゆえ長雨ゆえの不作とや田畑に淡く咲ける野の花

紫の茄子の小花の数多落つ物わかり良き親の増えしか

本当に足らざるものは何なるや新発売の新米保険

外米に生えたるかびの濃きみどり緑貧しき瑞穂の国に

外米の御仏供さん盛る雨の日も休まず田の草取りいし姑に

投げられし核廃棄物海深く沈みて潜む病のように

つららより落つるしずくも酸性かポトリポトリと銀の色して

天と地をつなげ降る雪きらきらと光るは水子の小さな魂

体温の移れる白衣をロッカーにしまい凍てつく夜道を帰る

雪道の二本の轍をそろそろと今は止まらず走りているが
路面みな鏡となして地底よりひやりひやりと笑む雪女

銀婚

銀色に翼は光り銀婚の記念の旅の今し始まる

夫の良き妻で在りしか二十五年はめいる指輪の光あえかに

餌ねだり観光バスに寄るキツネ易く生くるを選るかおまえも

出でし日のままに迎うるスリッパのこの従順も無くせし一つ

かなかなの鳴き終わりてより還り来る瀬の音風鈴オロロの羽音

栗のいが夜に伸びいむ幾つもの虫の音色を聴き分くるため

鳴く虫の喉のかそかな震えさえ照らしておらむこの月明かり

政策はギョーカクひと色こもごもの音色に虫の鳴きいる秋を

四時にはや日暮るる村へ嫁ぐかと言われし山の長き夕映え

食みきれぬ野菜作りて愚かとも思いし姑のおろかを継ぎて

大根は明日また引かむ畠隅の朱き小菊を摘みて帰らむ

夏の間に放ちし心を掃き寄せむ少し湿れる落ち葉と共に

山裾の椿の花のまあかなる糸結ぶ先ありや娘に

夫の胃に要精検とう結果きて異常なしとう我が胃が痛む

花のあしあと

新雪に足跡しるすは楽しかりましてや猫は花のあしあと

「元気か」と猫の様子をまずは問う東京よりの息子の電話

猫の名を呼べば声無く返事してひそやかなりぬ老いるというは

人の住む所じゃないと東京を言いいし息子がそこへ帰りぬ

二人より四人となりて六人に増えて二人に還った雪の夜

お父さん頑張ってねと作業着の背中をポンとたたいて干しぬ

原子力もんじゅの事故を知る日にもファンヒーターの目盛を下げず

吉野谷診療所

新しい職場に新たなスタートのカチッと注射のアンプルを切る

「夜おそうすんませんが」と往診を頼める声の消え入りそうに

もうなおる今に治ると夕べより苦しみいたるか独りの家に

前を行く医師の白衣の清清と夜明け間近の往診終えぬ

ほうせん花咲かせる家の奥深く花より静かに人の臥せいて

日の差さぬ部屋に二年を臥す人の静脈透く手も呼吸も蒼し

救急車の音のかけらが残りいる行きたくないとう人乗せやりて

救急車の窓より放ちし魂ならむ村のはずれに咲く彼岸花

やがて来るその日を静かに待つ人の看取りは共に待つことならむ

裡深く人は海持つ寄せて引き寄せて引いて引いて死は来る

間引かむと触れし秋菜を残したる吾の余生も誰か決めいむ

「よう来たなさああがれ」とはもう言わず遺影の叔父は笑っておりぬ

ふるさとは愛しきところ喪の服を着る時のみに我ら集いて

ケアマネジャー

動くたび味塩胡椒の瓶が鳴るにわか仕立ての勉強机は

新しき専門用語を受け付けぬ気持も脳も四十七歳

受験生一人抱えて独り酌む夫の晩酌短くなりぬ

新年の歌会の始まる刻なると研修レポート書く手が止まる

パソコンと一日真向かう看護婦の我が患者に触るることなく

看護師と兼務のケアマネ誰よりも私が援助を求めておりぬ

あんなにも一生懸命鳴けるかなカナカナかなかな泣いてみようか

利用者のニーズと思いを置き去りに施設入所の話が進む

畳より老い人達を隔つるを福祉と言えり何かが麻痺する

パソコンの決定のままロボットに介護を受くる日の近からむ

オニヤンマ教えてくれぬかオニヤンマ重さを風に変え行く術を

本当の強さは優しさ風のまま揺れて散らせて開くコスモス

初孫誕生

ひとりなる娘を手離しひそやかな二人の居間に香る水仙

両頬に蝶の形のシミ出づるいかなる花となりて咲かんか

初孫が生まれます！と書き添えることしの賀状の早き仕上がり

三重産の菜花色よく茹で上がる雪に埋もれて暗き厨に

我が知らぬ祖の顔にも似るというみどり児眠る目を開く笑う

孫を抱くしぐさも歌いやる歌も娘の時と変わらず夫は

子を負いし帯もて孫負うビロードのえび茶はややに色褪せいるも

うたかたならず

「あんたまた、今月歌が無かったぜ」そう言いくるる中野さん逝く

階段を音立て猫が降りて来る三年前までネズミ捕りしが

診療所へ勤めて五年うた詠めず過ぎたる日々のうたかたならずも

あの歌は何処に消えしや訪問の看護の帰りに見たる紅葉の

音と言う音を包みて雪積る夜半を患者の呼吸音聴く

六十年大工でありし大いなる御手の痩せずにケイゾウさん逝く

ばあちゃんの好きな花よと教えたる都わすれを屈みて見つむ

蝶を呼び花に声かけ蟻見つめ幼は我に時をくれおり

手を挙げて児の追いかくるしゃぼん玉届かぬ想いかなわぬ想い

「じゅんばんね、じゅんばんね」と言い抱っこ待つ一つで姉となりたる孫は

特養の入所の順番待つことは今居る人の逝くを待つこと

きのうまで孫らのおりし八畳間たまごボーロが一つ転がる

見えずとも

「婆あ、婆あ」とみんなが覗いてくれるから寂しくないと九十二歳は

爺ちゃんに早く迎えに来るように朝夕手合わせ頼んでいると

ひっそりとひとり逝きたる冷えきりし面輪を熱きタオルで拭きやる

死後の清拭終えて仰げる山の端に明けの明星輝きてあり

あなただけ泣いていたよと言われたり独り暮らしし人のお通夜に

少しでも迷惑かけずに逝きたいと言いいし人の葬の青空

見えずとも誰かはわかってくれるはず夜の小路に香る木犀

地位よりも金よりもなお天職のあるが幸とう記事を切り抜く

公孫樹の便り

つかまりて立ちいし小さき手の跡の残る画面が戦争映す

戦争は終わりましたとブッシュ言いイラクの民のその後は知らず

大いなる公孫樹の黄葉は日に映えてしばし明るき明日を約す

夕風を黄色に染めていちょう散り癒ゆるを信じて人は逝きたり

なきがらを撫でる手　頬に触るる手よその手を生きいし日々に欲りしを

一人の看取りの明け暮れ見守りて共に細りて朝の霜踏む

「寒くなる寒くなります気を付けて」灯色の公孫樹の便り

葉をみんな落とせばすぐに雪降るとう村の社の夜泣き公孫樹は

施設にて

実の子の顔さえわからぬ人が呼ぶ白衣の我をかんごふさんと

「かんごふさん私はぼけているのか」と笑顔で問い来る問いつつ忘れる

「わかったよ」わかったような顔をして肩を抱きいるわかってやりたい

最後まで失わざるは母ごころ施設に人は人形抱きしむ

訪う度にトシさん我が手を離さずに三題目まで歌ってくれる

アイさんの旅立ち見送るアイちゃんの好きだった歌みんなで歌い

車椅子に座り編み入るスズさんは明るい色の毛糸を選りて

もうものを言わなくなりし人の見る施設の窓辺のやまくわの花

男の子産めざりしこと悔いていしカズさんが逝く娘に囲まれ

施設にて逝きたる人のほの蒼き面輪に薄く口紅を引く

百歳を九十歳を眠らせて特養ホームを包み雪降る

作業服

雪囲い解きし厨に作りたる光の粒いりサラダはいかが

定年の朝も夫は変わらずに作業服着て弁当を持つ

お父さん私はとても好きでしたスカイブルーのその作業服

咲き終えし充足感か散り終えし解放感か葉桜さわさわ

吉野谷　尾口　鳥越　村の名の消ゆるも残る看取りの思い出

白山市となりても葉をつけ枝広げ欅大樹は揺るがずありぬ

形良きかんじきを買う藤づるを巻きて父祖《おや》らは造りしものを

始まり

山の端に見送る夕日の緋の色のグラウンドゴルフのボールをとばす

もう若くあらざる二人の始めたる健康維持法ホールインワン

歩測する足へバッタがぴょんと寄るあなたの住処を荒らしてごめん

共通の趣味を持たむと始めたるグラウンドゴルフに時々もめる

五十メートル先のホールへボール打ち飛んで行く行く八十歳も

始まりはなべてひとすじ指折りて夢の中にも詠みし日のあり

初めての一首を一ヶ所褒めくれし尾澤主宰の評を忘れじ

除雪より診療所の朝始まりて汗を拭いて白衣に替える

本当の別れ

遠き地に娘が病めば遠くより祈る他なし今日も雪降る

ばあちゃんも涙が出そうと屈まれば泣いていし児が背を撫でくるる

「おっぱいをたべたいよーってないてるよ」走り告げ来る兄の顔して

孫守りに出かける夫に持たせやる独活のきんぴら筍ご飯

ほら見てと電話の向こうで呼ぶ幼飛んで行っても四時間かかる

六年の間に四人の子を産みて娘はどっしり母を生きいる

いくらでも何時でも買える街に住む孫へ荷造る朝摘み苺

うりふたつの孫を遺してもう一人のばあちゃんが逝く六十二歳に

本当の別れと知らぬなっちゃんにバイバイされて出で行く棺

朝より外へ出してと鳴き止まぬ猫は命の終わりを知るらし

十七年家族で在りしニャン太逝く最期の姿は誰にも見せず

青いまま舗道へ堕ちる毬栗も舗道も痛い泣きたい秋です

お月様がまん丸だよと遠住める孫に伝えて再び仰ぐ

能登地震

古里の能登の訛りに和みいる避難所よりの中継なるに

ふるさとを捨てたる我に障りなく父母のお墓を地震が壊す

震災の激しき里につんつんと土筆伸びいる摘む子等がいる

恋しきは能登の海かも山里につり舟草のつり舟揺るる

長生きをし過ぎたなどと泣くなかれ曲がりたる背をさらに丸めて

こつこつと畑の根雪を割りいたる人逝き今年の春遠からむ

小さき手が作りし大きな雪だるまこの思い出は心に溶けむ

孫よりも娘がとても嬉し気な写真が届く雛段前の

光らない雪降りいると都会より雪国育ちの娘の便り

夫の手術

孫四人の作りくれたる千羽鶴見上げて夫は手術へ向かう

麻酔より未だ醒めざる夫の手を両手に包み同じ息する

人工の関節入れたる夫にして強くあるべし残りの生は

リハビリの顔より汗の噴き出でて頑張ってと言う言葉呑み込む

一人とは向き合う人のいないこと今日の夕餉も五分で終わる

どちらかの残る生活を想わせて四か月の入院終わる

花束に添えて置きあり「これからもたのむ」とメモに小さく書きて

訪問看護

道傍に小さな獣の骸あり今日の事故死に数えられずに

みそ萩の花咲くお宅へ戻り来て穏しく笑まう病み篤けれど

摘まみ菜の味噌汁ならばひとくちを食べてみたいと癌病む人は

しっかりと人の命と向き合わむ揺るがぬ看護の心を持ちて

障子戸を透き来る冬の日も入れてゆったり落つる居間での点滴

在宅の入浴介助をする人の額にうなじに汗のしたたる

病む夫と姑の介護をする人は笑顔で春咲く種を埋めいる

往診の鞄を持ちて従き行ける村の小路を月が照らせり

銀色の光戻り来肺炎の癒えたる人の洗髪なせば

顔見たら治ったような気がすると言いくれし人治らずに逝く

昨夜まきしついなの豆をついばめる小鳥の声ほど春は立つらし

「花ゆうゆう」の鉄骨砕く音がするかつて咲きいし花の色して

もう一度詠む日のあるを疑わず逝ってしまったあなたが詠ませる

旅する蝶

「アサギマダラが今来ている」とメール来る友の心をひらりと乗せて

この吉野に藤袴の花咲き満つと誰の知らせに知りしや蝶は

遠く来てフジバカマの香に寄る瞬の蝶は軽く眼閉じいむ

待つことは倖せならむ来年も十年先もここに咲く花

フジバカマの香りに囲まれ目を閉ずる何処へも飛べない私がひとり

荒海の波の上にも飛ぶという蝶に鎮まる魂のあれかし

大震災のこの年さえも暮れむとす過去へ過去へと雪は降り積み

雪ん子

ステンレスに替えたる屋根は滑り台するりするりん雪ん子遊ぶ

雪が降る誕生日には雪が降る白ひと色に生まれ変わらむ

雪の日は母を想いぬ水色の雪の夜この世に生れし雪ん子

吾の名に悦という字を選びたる病みいし父の終の悦び

亡き父の一枚のみの写真なり丸いめがねで我を視ている

長病の母の好みの薄味に煮込めるようになりて母無し

「かあちゃんの年になったお祝い」と花を送り来ひとりの妹

こんなにも若くて母は逝きたるか六十一歳胸に手を置く

毎年の誕生日には写真撮るいつか笑った遺影とならむ

能登の稲架

明けやらぬ山の田んぼに叔母はいて一株一株稲を刈りいし

稲束を縄もて担ぎ山田より浜まで通いぬどの子もみんな

井戸水に冷やしし西瓜にかぶりつき種を飛ばせり大人も共に

日は沈み潮騒のみが聞こえ来て浜は大きな稲架より暮れる

朝より刈りたる稲の終わるまで稲架掛け続く電灯引きて

稲架掛けの叔父の手元が遠くなり放り投げたり星に向かいて

定位置は稲架の二段目友達と足ぶらぶらして夢を語りき

十歳の秋に想いぬ「なりたいなぁあんな優しいかんごふさんに」

「これからは手に職つけよ」と貧しかる能登をいでたる少女の多し

「手伝《てつた》いをようしてくれた」と叔母が笑む海の見えいる丘の施設に

心の荷

ひとりでは湿布も貼れぬという人の背に貼りやる手を温めて

もうなんもせんでもいいと言われたと老いたる人は両手をさする

労りの言葉と取れぬ悲しさを包みてやらなひと時なれど

訪い来たる時より背の荷軽くして帰って欲しい診療所からは

三日間点滴受けいし人が来る三輪バイクに冬瓜積んで

後ろ手に遠くの畑を見ておりぬ老いたる人は午前も午後も

心まで過疎とはならず村人は「おかげさんや」と声にして住む

ござぶしをかぶりちょくちょくかどに出て雪を掻きいる九十歳が

ばあちゃんが雪を見ているじいちゃんの居た夏のまま椅子は置かれて

老いひとりひとりずつ住む家ばかり残るも夕べは明かりが点る

寸劇

寸劇の開催迫り診療所の日常会話にセリフ飛び交う

認知症のばあちゃん役なり今回も思いを込めてしっかり呆けむ

村人の反応見ながら寸劇のセリフを動きを時々変える

あの人が笑って見ている今だけはいつもの腰の痛み忘れて

前の歯の無い七歳が笑う時まわりの空気がほわっと緩む

さみどりの蕗の薹採るフクシマのふきのとうは膨らみいるや

ブナの木に手触れてごらん手のひらに緑の水の流るる音する

かたくりの花咲く傾りへ手を持ちて引き上げくるる人との暮らし

かたくりの花が咲いてるもう誰も作らぬ山の段々畑

「どうしたの」なんでも聴いてくれそうにつゆ草の花小首傾げる

朝毎を窓開けて見る紫陽花の優しい水色まあるい心

十五夜の秋明菊はひとすじの光となりて月へ還らむ

爺の口元

認知症の兆し見ゆるも宅配の酒屋の電話は違わずかける

一升瓶抱え寝入れる横顔をつっつくのみなる今日の看護は

飲めぬなら死んだ方がまだましと言いし人逝く酒を遺して

本当に好きだったのか浴びるほど飲みたき真意を誰にも言わず

死に水に萬歳楽を含ませる笑った気がする爺の口元

呼び出し音鳴らねば鳴らぬで気がかりな看護師我が持つ携帯電話

気がかりな患者が一人旅立ちて降り来る紅葉は虫食いばかり

退職

四十五年かんごふさんでありしこと我のひと世の明かりとならむ

診療所の庭の桜の花びらが退職の日の車につき来る

縁側のカーテン四枚広げ干し真白き主婦の時間始まる

歌会に習いし料理を試さんと蕗の薹を摘み摘み帰る

山菜の料理はガラスの器に盛らむ春の光を共に食むため

二人住む家に甘き香漂わせ完熟苺のジャムが仕上がる

秋の菜の双葉の緑が列なして露に輝く「みんなおはよう」

菜っ葉よりコロリと落ちて死んだふり二ミリの虫が必死に生きる

絡みたるゴーヤの蔓を始末するばさりばっさり夏の逝く音

台風に帽子を飛ばされ半べその顔で迎える畑の案山子

顔も手も背中も足も日に焼けて胸のみ白くシャワーを弾く

我が歌の無き歌誌多し欠詠の日々こそ多くの思いありしを

ポストまで行ってきますとメモを置き二人の家を少し飛び立つ

手取川の水面に落ちしクルミの実流れていつか浜辺に寄らむ

夕風に揺れいる銀のすすき穂のさよならさよならまた逢いましょう

メイドインバングラデシュの暖かな割烹着つけ冬と真向かう

歳は行くものではなくて寄るものと言われて和むねんねんころり

火垂るの墓

戦いのゲームは今すぐさあやめて一緒に見よう「火垂るの墓」を

孫と並び画面に見入る遠き日に娘と読みたる火垂るの墓を

「くうしゅうってこわいね」と言う九歳の肩を抱きつつ「火垂るの墓」見る

燃えるもの必死に集める少年はたった一人の妹焼くため

ドロップの小さな缶さえ一杯にならずに鳴りぬ「せつこ」の骨は

「泣いてるの？」今までならば聞いてくる幼でありしが少女となりぬ

ばあちゃんと「火垂るの墓」を見たること忘るるなかれ平和に生きよ

戦争に孫をやるかと問われれば頷く人の一人もおらぬ

「北・再び核のカード」緊迫の記事と載りいる我が厨歌

情報は溢れにあふれ殺人をまたかと葬る私が怖い

粘着の捕獲シートに息絶えしネズミのそばの一粒の豆

初日

正月がぐんと近づくふるさとのいしりを足したる昆布巻き煮えて

あらたまの初日を受けて南天のつぶら実ひとつひとつが光る

胃の腑にもこの色染まむ着色の酢だこ切りたるまな板の色

娘の帰省叶わず過ぎたる正月の黒豆ぽつぽつぽつぽつ摘まむ

雪除けのスコップの音遠近に雪降る村は年寄りが守る

あえて書の形は言わず堂々と書きしを褒めやる「夢の実現」

「ごぼった」と都会暮らしの児が笑う雪の中より片足抜きて

高く高く雪もて作り行きし児にその後の富士山メールで送る

ひーよひーよひよ鳥来てなく雪の日を朱い実食べて元気になあれ

野菜の歌

眠そうな眼をした蛙に「悪いね」と言いつつ雪消の畑を起こす

雪の原越え来る白き風の中首をすくめて豌豆植える

玉葱の苗四百が起き上がる日に日に緑の色増しながら

柔らかく土に染み入る春雨は「そうやね」と言う言葉のように

か細くて小さな苗につけ在りし「鈴なり」の名を信じて植えむ

深山より流れて来たる花びらか共に掬って野菜にやらむ

カラス除けのペットボトルが奏でいるカラコトカラコト野菜の歌を

囲いたるネットの中に農作業なしいる我が猿かもしれぬ

猿除けのフェンス無ければ二つ三つ飛びゆきそうなラグビー西瓜

「暑いのに頑張るねえ」とまた一人畦の向こうに呼びかけくれる

主婦業と畑仕事にきりは無し今日も夕日がすとんと落ちる

平穏な日々の夕餉にししとうの時折放つ激辛爆弾

ヒマラヤの塩を振られて氷見産の鰤の切り身がじわり汗噴く

メキシコの南瓜を甘く煮含めるかの大統領はこの味知るや

介護サロンほっとワーク

十一期生の会を春より計画す名月の夜に明るく会わむ

最新の名簿に旧姓書き足して同窓会のすべて整う

湯の宿にゆったり集い語り合う眠く貧しき夜学の日々を

木滑の「あさんがえし」を踊り継ぐロクじいちゃんの音頭にひかれて

経読めるこの声我の声でなく逝きたる人の唱うる声とや

神送りの餅を丸める老い人の手つき鮮やかあんこが光る

健やかに暮らせそうです滑らかなオレンジ色の冬至のスープ

たっぷりの柚子湯に浸れば白菜の漬物気分しみて来しみて来

神様の足洗い湯の小豆粥とろり仕上げる「おかえりなさい」

体まで幾度もねじり藁を継ぎ我が家に似合いの注連縄できる

週一回の介護サロンのボランティア我がためでもあるピンピン体操

「ほっとワーク」で血圧測り話聞くかんごふさんと呼ばれて笑みて

あとがき

姑と舅を見送り、子供たちにも手がかからなくなって、かねてから関心のあった短歌を詠んでみたいと、地元のくろゆり歌会と新歌人社へ入会しました。最初は夢中で意欲もあり、詠む機会も多くあったのですが、だんだんと仕事の忙しさにかこつけて欠詠が増えて行きました。そんな中で新歌人の尾澤主宰は、「いつでも待っているから」と温かく見守って下さって、今でも感謝と申し訳なさで一杯です。

今回、主宰が亡くなられる前にこの現代北陸歌人選集に推薦していて下さったことを知り、拙い短歌を発表するには勇気がいりましたが、彼の国でもきっと待っていて下さると思い、少しでも恩返しになればと、出版を決意しました。

一首、一首、年代順に自選しながらその時々に立ち止まり、改めてこの短歌があったお陰で、小さな頃の夢のままに、長い看護婦生活を全うすることができたという思いを深くしています。作品として残っていなくても、辛く苦しいこと悲しいことも短歌の器に入れれば、いつの間にか昇華して心の中を見つめる手立て支えとなり、どれだけ救われたか、はかり知れません。

診療所では、在宅で亡くなられる方が多く、命と向き合い、様々な方の生き様からたくさんのことを教えていただきました。それは今後を生きて行く上での大きな財産であり、道しるべであると思っています。

名称は、看護婦から看護師に変わりましたが、私の中では、病む人に触れて見守り、心に寄り添うかんごふさんという思いでずっと過ごして来ました。大好きなかんごふさんと短歌を続けて来られたのは、くろゆり歌会の皆さん、新歌人社の先輩方や皆様方、診療所の皆さん、いつも我慢をしてくれた上に支えてくれた家族のお陰であり、心より感謝を込めてこの歌集を捧げたいと思います。この吉野谷の風土に溶け込みながら、これからも詠み継ぎたいと思っています。

校正を快く引き受けて下さった古田励子さん、お世話下さいました奥平三之さんありがとうございました。

平成三〇年三月

野川悦子

野川悦子●のがわ えつこ

一九五一年、石川県鳳至郡門前町生まれ
聖霊病院付属准看護学院卒業
県立総合看護学校卒業

「新歌人社」同人
「石川県歌人協会」会員
合同歌集「くろゆり」

現住所　〒920-2326　石川県白山市木滑タ15

現代・北陸歌人選集

野川悦子歌集「かんごふさん」

二〇一八年四月一四日発行

著　者　野川悦子

監　修　「現代・北陸歌人選集」監修委員会
市村善郎、上田善朗、尾沢清量
児玉普定、陶山弘一、田中　譲
橋本　忠、久泉迪雄、古谷尚子
米田憲三　（五十音順）

発行者　能登隆市

発行所　能登印刷出版部
〒九二〇－〇八五五　金沢市武蔵町七－一〇
ＴＥＬ　〇七六－二二二－四五九五

編　集　能登印刷出版部・奥平三之

印刷所　能登印刷株式会社

ISBN978-4-89010-679-0

新・北陸現代歌人選集

□既刊

宮下外次郎歌集　『道の辺』　四六判・122頁　定価1800円(税別)
山崎国子歌集　『夕照《ゆうで》り』　四六判・156頁　定価1800円(税別)
中藤久子歌集　『百年のひかり』　四六判・158頁　定価1800円(税別)
横内ひとみ歌集　『薔薇の喪失』　四六判・134頁　定価1800円(税別)
松浦哲歌集　『天鼓《てんく》』　四六判・124頁　定価1800円(税別)
坂本朝子歌集　『影の木』　四六判・144頁　定価1800円(税別)
久泉迪雄歌集　『季をわたる』　四六判・144頁　定価1800円(税別)
敷田千枝子歌集　『えぷろんの歌』　四六判・150頁　定価1800円(税別)

新・北陸現代俳人選集

□既刊

坂田直彦句集　『涼風』　四六判・156頁　定価1800円(税別)
坂田紀枝句集　『萩の露』　四六判・156頁　定価1800円(税別)
町田忠治句集　『冷し瓜』　四六判・136頁　定価1800円(税別)
四柳嘉照句集　『一輪草』　四六判・132頁　定価1800円(税別)
中瀬英夫句集　『青葉木菟』　四六判・144頁　定価1800円(税別)
宮前はやを句集　『雪渓』　四六判・136頁　定価1800円(税別)
松本松魚句集　『牡蠣の海』　四六判・164頁　定価1800円(税別)